震災から2年後の12月22日、本編に掲載された詩に娘が曲をつけ、南相馬市文化会館で朗読会を開いた

私の ふるさと

齋藤イネ｜著｜　朝倉悠三｜画｜

ポエムピース

震災まえ

「親子五人　どんな事をしても暮らして行ける」

そんな夫のひと言で、　東京から自然を求めて鹿島町に越して来た
仕事のあてもなく　頼れる人もいないのに
不思議と不安はなかった
私が二十八　今ピアノを弾いている娘が一歳の時だった

車で　東に十分走ると　太平洋
砂浜で何時間もぼーっと海を眺めていた
西に　十分走れば　橲原《じさばら》渓谷
春の新緑　秋の紅葉　本当にすばらしかった
リビングから眺める　青い空に白い雲
松林の向こうには　ゴルフ場が隣接している

横峯の二つの堤で　羽を休める鴨と白鳥

東京で　この情景が想像できただろうか

何十年ぶりかの大雪になって
「雪は降らないと聞いていたのに　うそー」と大喜び
雪だるまに　そり遊び　小さなかまくらも作った

春　野原いっぱいのタンポポとつくし
犬と走り回って　草原に寝転ぶ心地よいひととき
ヨモギを摘んで草餅も作った　初めて本物の香りを知った

夏　綺麗な星を見ながら朝まで寝ようと
私と子供三人　庭に大きな段ボールを敷き
枕とタオルケットを持って大はしゃぎ
結局　夜露が落ちて仕方なくベッドに戻る

東京育ち　七人兄弟　末っ子の私が　田舎を作った
いや　夫が作ってくれた
はじめての故郷　ふるさとと呼べる場所
毎年夏は　兄弟姉妹と甥や姪　二十五人のお客様
掛け布団も全部敷いて　総勢三十人の民宿に変わる
海水浴にゴルフ　魚を釣っては　庭でバーベキュー
三泊四日が　あっという間に終わってしまう
見送った後の私たち　そっと涙をぬぐって微笑み合った

そしてまた　いつもの暮らしがはじまる

特別なことは何もなくても　あの頃は本当に幸せだった

自然の中で　楽しみながら子育てができた

今の若い人たちにも　そんな子育てをして欲しいと

私は　強く願っています

「フクシマ」とカタカナで呼ばれる前の「うつくしま　ふくしま」で

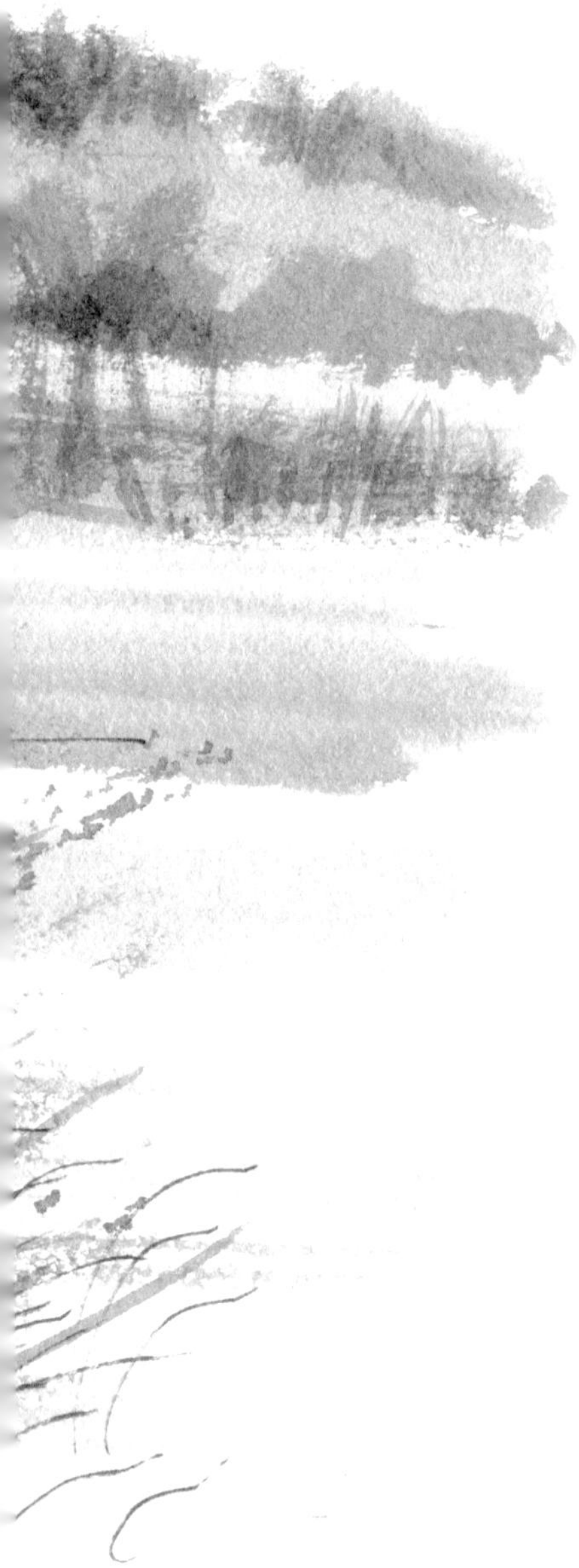

原町火力発電所近くの砂浜で遊ぶ孫（震災前）

ゴルフ場に隣接している家だもの、しっかり汚染されてしまった。

震災前は自宅の小さな畑で野菜も作っていた。収穫の喜びを写真に撮ったり、絵に描いたり…。
ナス、ピーマン、キュウリ、トマト、ゴーヤ、ぶどうもたくさんとれた（2010年の夏）

震災あと

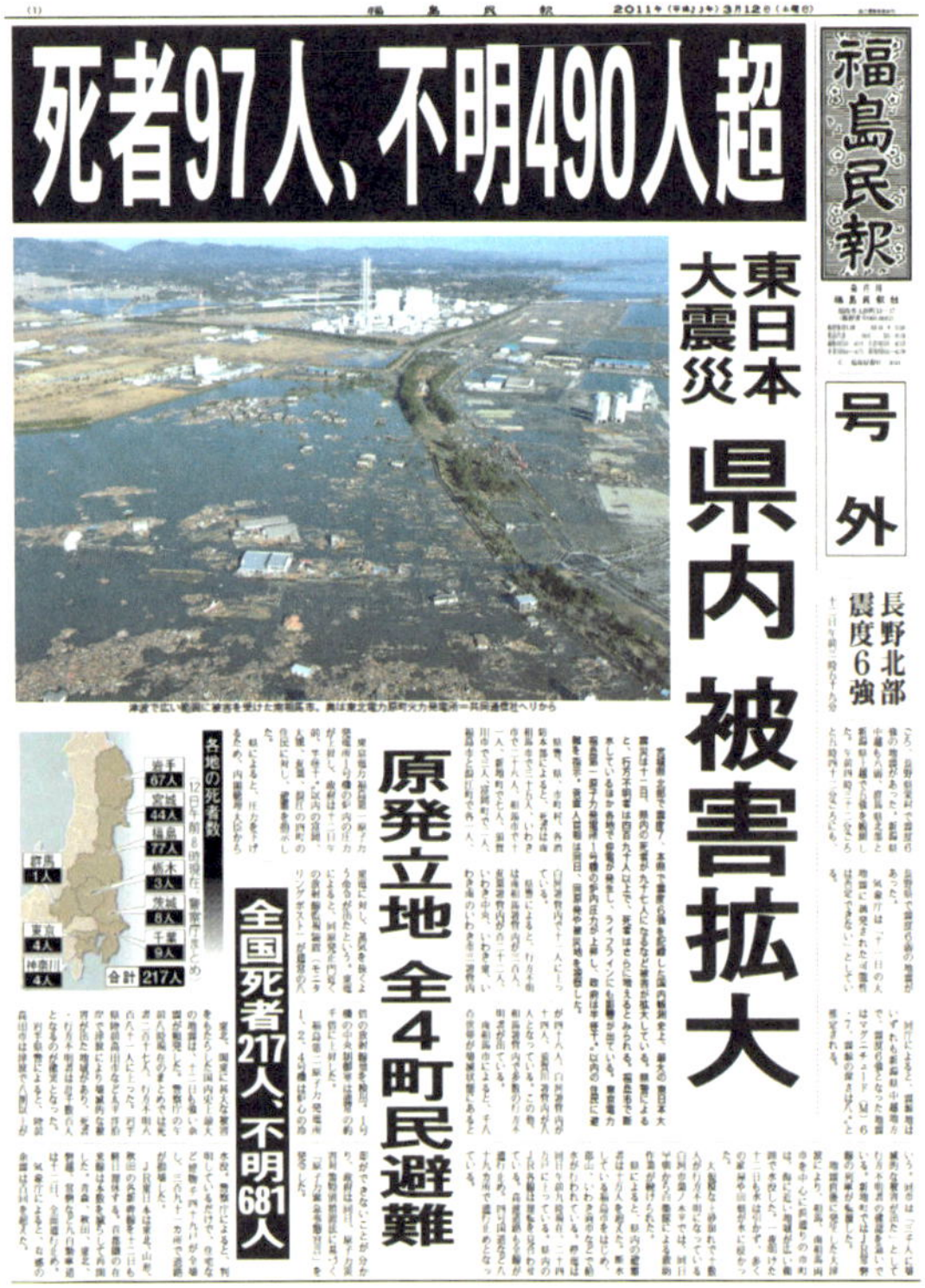

福島民報　2011年（平成23年）3月12日（土曜日）

死者97人、不明490人超

福島民報

号外

東日本大震災

県内 被害拡大

長野北部 震度6強

原発立地 全4町民避難

全国死者217人、不明681人

各地の死者数

岩手	67人
宮城	44人
福島	77人
栃木	3人
茨城	8人
千葉	9人
群馬	1人
東京	4人
神奈川	4人
合計	217人

リビングから煙が見えてすぐにテレビニュースで。

六号国道まで流れて来た船。

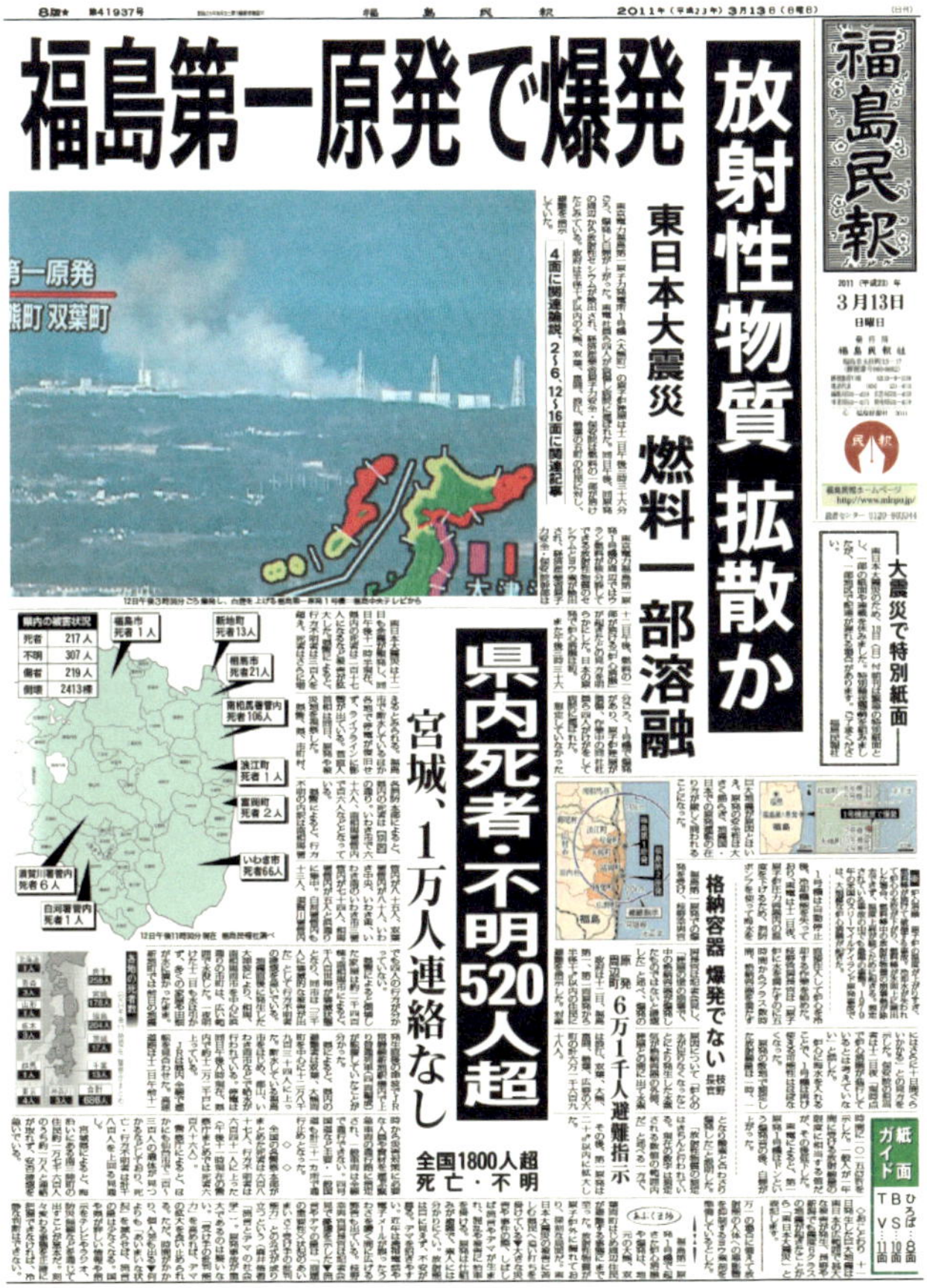

震災の発生とともに、「福島民報」は号外を発行している。しかし悲劇の報道はまだ始まったばかりであった。被害者数は令和元年6月の時点で、死者15897名、そし未だに行方不明の方は2532名になっている（警察庁緊急災害警備本部発表）。

そして、国際原子力事象評価尺度（INES）の評価として、最悪の状態を示すレベル7（深刻な事故）にあたる、未曾有の原発事故が発生した。この事故はまだ収束しておらず、未来に莫大な負の遺産が継承されつつある。

東京の友人から送られてきた支援物資。

市から配布された2人分の物資。

福島民報
3月15日

原発3号機も爆発

東日本大震災

2号機、2度空だき

福島第一 炉心溶融か

高濃度放射能漏れ

屋内退避30キロに拡大

福島第一原発 2号機損傷、4号機爆発

東日本大震災

燃料集合体の損傷 1号機70% 2号機33%

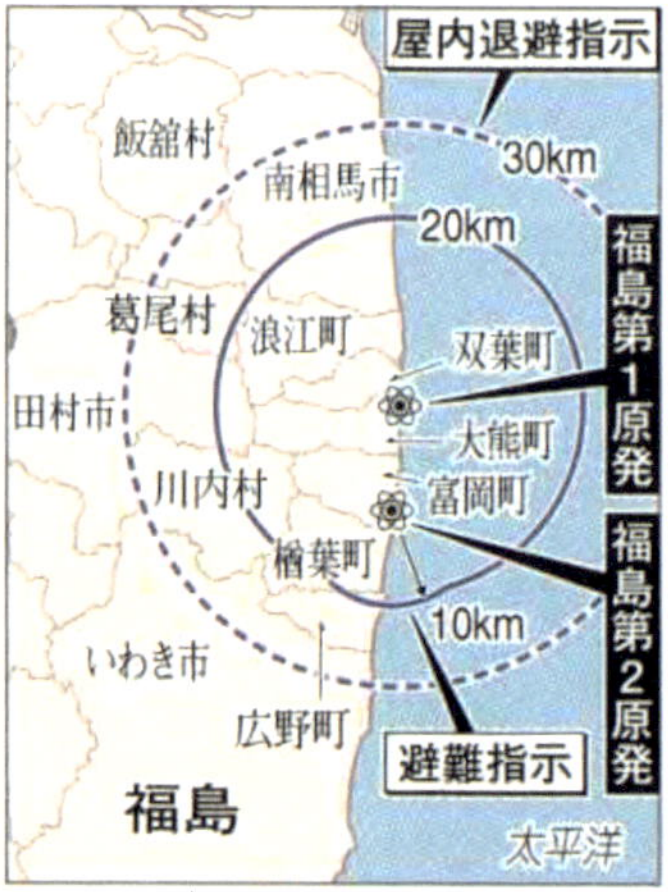

◎東日本大震災、原発事故の発生以来、地元紙の『福島民報』は懸命な報道姿勢を貫いた。ここに引用した記事はその一部だが、その真摯な報道は高く評価され、2012年には一連の原発事故報道に対し、日本新聞協会賞（編集「企画部門）を受賞した。さらに2014年には編集「企画」部門で「『原発事故関連死』不条理の連鎖」と題したキャンペーン、経営・業務部門で「『復興大使』派遣事業」の2部門で日本新聞協会賞を受けた。

この辺ではとても人気のイノハナという最高の品種。
マツタケご飯よりずっと美味しいご飯だった。

その年（2011年）の秋、栗もキノコも豊富にとれた。
しかし放射能で汚染され食べられなかった。

夫の実家、宮城県登米市に避難し、多くの学用品を支給された。

ランドセルと制服はすでに原町で買っていた。
じいちゃんの母校に入学するなんて…。

4つの集落が流された地区の
氏神様だけが残った。

▶相馬松川浦大橋。ここから津波がおし寄せ水に町をうばわれた映像は何度もニュースで見せられた。津波が一度ひいて再度押し寄せ船も車も家も人もすべて持っていかれた。

▼かさ上げされた堤防で直接海は見えない。

▲橋の上から見る漁港。

2019年
春

▼▶白い壁に囲まれた汚染土壌廃棄物置場。

▶我が家から300m
（この日作業で中が見られた）

家のすぐそばの仮設住宅（右の写真は動物もOKの120世帯）

我が家から見える原町火力発電所の煙突風景。田園広がる農地が続く

朝もやもすてきだった。元日の朝日も拝めた。
今は、木が伸びて煙突が見えません。

仮設住宅から見上げる真紅な夕やけ　沈む夕日をどんな気持で眺めたのだろう

私の住む小さな町の畑には　二千五百世帯もの仮説住宅が並ぶ
帰る人　帰らぬ人と　待つ人と
あきらめた人と　あきらめきれない人とが
一緒に暮らしている

◇

東京オリンピック開催が決まった瞬間の歓喜の涙を
どんな思いで見つめていたのか
「状況は完全にコントロールされています。
　東京にはいかなる悪影響も及ぼしません。」
この言葉を　どんな思いで聞いたのか
私たちを置き去りにして
日本は　ひとつ　またひとつと　原発を動かす準備に明け暮れている

日本地図の中に誤ってこぼれた墨が
一瞬で広がって　あたりを黒く汚してしまった
「帰還困難区域」と名前を変えられて　日本中から恐れられた
住むこと、農作物を食べることがどんなに安全だと伝えられても
「善意」という勇気なしには　移り住む人も　口にする人もいない

そんな場所は　もう　ここだけでよいのです

ふるさとの名を口にすれば　人の表情を一瞬で曇らせてしまう
私たちは　一度も「フクシマ」とは呼んでいないのに
カタカナにされて　符号化されてしまった　ふるさと
私たちは　これからも福島に住み　毎日を生きていく
そのことを　日本中の人がいぶかしがっている

あれから八年が過ぎた

仮説住宅は三月で全廃止の予定だったが　ちらほらと明りが見える
公営復興住宅が出来ても　様々な事情で移り住めない人がいる

白く長い壁に囲まれ　山積みされた土壌廃棄物は
いつ　どこに運ばれ　昔のふるさとに戻るのだろう

元号も変わって来年は　東京オリンピックが開催される
でも　忘れないでほしい　ふくしまの恐ろしく悲しい出来事を

あとがき

２０１３年の夏――『女優たちによる朗読「夏の雲は忘れない」ヒロシマ・ナガサキ１９４５年あの日のことを　多くの人に伝えたい・68年目の夏』福島市で、この舞台を見て私は大きな衝撃を受けました。

終演後「皆さんも、やりきれない今の気持ちを言葉にして多くの人に語り継いで行って下さい。」女優さんから言われた言葉です。

テレビや映画に現役で出演している有名な女優さんたちが毎年交代で、都合をつけて全国公演をしていることを知り感銘を受けました。私も原発のことを伝えなくては…と思い、詩の朗読を考えました。

40数年前に東京から自然を求め移住して来た私たちには将来、原発から受ける被害など考えられませんでした。「アトム」という安全神話ばかりを載せた広報紙が定期的に全戸配布され、それを誰もが信じていたのです。

しかし、２０１１年３月11日東日本大震災と原発事故により多くの市民が避難生活を余儀なくされました。想定外と言われる地震と津波でしたが、何よりも原発事故による放射能汚染は計り知れない苦痛と混迷を与えました。8年経った今でも、その記憶が薄れることはなく様々な問題で苦しんでおられる方が沢山います。

必死で行われている廃炉作業は思うように進まず、焦りと不安が増すばかりです。完全な終息と明るい未来はやってくるのでしょうか。

なのに、振り返ってみると、何故か震災前の子育てをしていた頃の楽しい思い出と、美しい風景ばかりが蘇って来るのです。

そして、震災から2年後の12月22日南相馬市文化会館で開催された「ゆめはっとまつり」に参加し、あの大きな舞台で15分間のステージを務めることになりました。幸い、嫁いだ娘も快く賛同してくれ、何篇かの詩にピアノで音を付けてくれ、小さなオリジナル曲も２つ入れてくれました。初めての経験で仕上がるまでは、どうなる事かと随分心配したが当日は最高の出来栄えでした。

会場の皆さんからは、「娘さんにピアノを弾いてもらって朗読をしている貴女を見て、その頃を思い出し涙が出てしまいました。とても素敵なコンサートでした」。とお褒めの言葉を頂きました。勇気を出して発表して本当に良かったと思いました。そして、女優さんたちの気持ちを受け止めることが出来た喜びも重なり、ほっとした幸せな気分になりました。

その後、何回となくこの詩を絵本にしたいなあと考えていました。自分で絵を描いて…と思いながら実現できないでいました。一つひとつの場面を絵にしたら素敵だろうな、自分の記録として残せたらいいなと思う気持ちが、だんだん強くなりました。そして、いつしか近くに住む画家の朝倉悠三先生にお願いできたらと思うようになり、日ごとにその気持ちが膨らむのでした。

悠三先生は馬の絵では全国でも超一流で、水墨画や他の絵においても中央の美術展に招待されるほど立派な方です。また、福島民報には２０１１年５月１日から２０１９年３月31日まで４１０点の作品が「震災絵日記」として掲載されました。皆さんの思いを代弁して描かれた先生の絵は、どれほど多くの人を勇気づけたことか。

いくら親しくさせてもらっているとは言え、まさか画家であるプロの先生にお願いするなんて失礼な事だと思い、随分悩みました。そして、今年の2月勇気を出してお願いした所、なんと

忘れないで 福島の姿

「復興の現状伝えたい」

震災絵日記 本紙で連載 朝倉悠三さん（南相馬）

豪の大学で絵画作品展示へ

南相馬市のアトリエで震災絵日記の構想を練る朝倉さん

Fishing boat lying across National Highway no.6

大東文化大教授のスチュワートさん

企画を橋渡し

今年も我が家の庭には桜が満開に咲いた。

快く引き受けて下さり、しかも5日という凄いスピードで描きあげてくれました。貴女の詩に感動して一気に描きました。この絵は私からのプレゼントですと丁寧なお手紙を添えて届けてくれました。

びっくりして、嬉しくって、体が震えて、涙が止まりませんでした。こんなに感極まったことは長い間ありませんでした。8枚の絵は、私の思いを100％読み解いて下さり、その時々の情景が見事に再現された素晴らしいものでした。

そして、絵本の製作が始まりました。

悠三先生の絵に、私の言葉を重ねた簡単なものをとお願いしたのですが出版社の方から、「せっかくの詩だから、写真なども載せてもっとメッセージ性のある本にしませんか。そして、原発事故のことを全国の人に知ってもらい記憶に残してもらえる様な本にしませんか。」と提案されました。

そんな考えは全然なかったので最初は戸惑いましたが、お話を聞いている内にそうなったらいいだろうなあと思うようになりました。

何処までやれるか分からないけれど、挑戦してみようと思いました。

しかし、そこからが大変でした。いくら写真好きの私であっても情報が足りず、新たに現場の写真を撮りに行ったり、過去のデータから、この本にマッチする写真を選び出す作業は思ったよりずっと大変でした。

最初の形に戻した方が、楽に仕上がるのにと挫折しそうにもなりましたが出版社の編集長さんとデザイナーさんの熱意に励まされながら、なんとか発行まで漕ぎ着けることが出来ました。

悠三先生と応援して下さった皆さんに心から感謝の気持ちでいっぱいです。

この本を読んで下さった多くの方に、福島の切ない思いを知ってもらいそして、脱原発を心から応援してもらえたら、この上ない幸せです。

齋藤イネ

プロフィール

⊙ 齋藤イネ ⊙

1948年生まれ。疎開先の母の実家、福島県大玉村に生まれる。母カネの一文字をとってイネと名付けられた。1才半の時、母と死別。東京に帰ってから10才の時、父も亡くなった。結婚後28才の時、自然を求めて鹿島町（現在は南相馬市）へ一家で移り住む。福島県との縁は深く、「7人兄姉の末っ子として唯一福島県で生まれた私が相馬地方に移住し、安達太良山の麓にある両親の墓守りをしているのも偶然ではないと思います。だから、東日本大震災で津波と原発事故に遭遇した事も、私の運命であったと思っています」と述べている。

⊙ 朝倉悠三 ⊙

1940年生まれ。福島県南相馬市在住・元高校美術教諭、全日本水墨画記念展大賞はじめ数多くの受賞歴を誇り、相馬市、南相馬市、浪江町などでは公共施設にパブリックアートを展開。2011年5月より福島民報にて『震災絵日記』を連載。2019年に同社より上梓。全日本水墨画会会員。日本デザイン学会会員。

写真提供／福島民報社

私《わたし》のふるさと

齋《さい》藤《とう》イネ｜著｜　朝《あさ》倉《くら》悠《ゆう》三《ぞう》｜画｜

2019年9月24日　初版第1刷

発行人	松崎義行
発行所	ポエムピース 〒166-0003　東京都杉並区高円寺南4-26-12　福丸ビル6階 tel：03-5913-9172　fax：03-5913-8011
デザイン	冨田由比
印刷・製本	株式会社上野印刷所

落丁・乱丁本は弊社宛にお送りください。
送料弊社負担でお取替えいたします。

ISBN 978-4-908827-57-0　C0095